道に咲く花

清沢桂太郎詩集

ブックウェイ

プロローグ

道に咲く花

何かを追い求めるかのように
必死に歩いて来た

右も左も全く分からない
暗黒の中を　たった一人で

気が付けば
私のうしろに
一本の道が出来ている

あたかも　冴えわたる月が
照らしていたかのような道が

歩みをゆるめて
見回してみると　花が咲いている

スミレやイヌノフグリやタンポポのような
春になれば自然と咲く
誰も気にも留めないような花が

喜寿を超えようとしているが
まだ歩んでみたい

この先

道には
どんな花が咲いているだろうか

清沢桂太郎詩集　道に咲く花　目次

プロローグ

あなたと出会う

人生劇場に

あなたと出会う

大阪のおじいちゃん

もしもし
大阪のおじいちゃんだよ
おばあちゃんが
時々　外国へ行くので
一人っきりになることがあるんだ

そんな時
何か起こったらいやだね

だから　その時には

毎日か　一日おきに
メールを送ってね
無事を確かめるために

でも
大阪のおじいちゃんて誰?!
市川の　王惺《おうせい》と利南《りな》のお父さんと
金沢の　志紀のお父さんの
お父さんだよ

あなたと出会うために

去年はそこに
フデリンドウが一輪
咲いていた

今年は咲いていない
種子が飛ばされて
こなかったのだろう

私も飛ばされてゆきたい
どこかへ

フデリンドウのように
あなたと出会うために

恋は

私は
あなたが好きなのです
でも　あなたは
それを知らなくても
よいのです

私だけが
知っていれば
よいのです

恋は
そっと
胸の内に
秘めておきたいのです

神経質でいいんだよ　内向的でいいんだよ

神経質な人は
内向的だ

でも
それでいいんだよ

外向的な人は
小さなことにとらわれず
明るくおおらかで
人付き合いが良く

職場を明るくしてくれる

だから　皆
その明るさ
そのおおらかさに惹かれて
ついてゆく

神経質で内向的な人は
小さなことも気になってしょうがない
そして　小さなことにもこだわる
引っ込み思案の人が多く
人付き合いが下手で
ほとんどの人は
無口で目立たない

時には
死についてばかり
考える
人生の苦しみについてばかり
考える

でも
神経質でいいんだよ
内向的でいいんだよ

神経質で内向的な人は
その神経質で内向的なことに苦しんでいるとき
ある時

ふと
庭の片隅や野の片隅に
ひっそりと咲いている
普通の人には気が付かない
小さな花を見つけることが
できるから

神経質で内向的な人は
その神経質で内向的なことに悩んでいるとき
ある時
ふと
普通の人には気が付かない
かすかに　優しく吹いている
柔らかな風を感じることが

できるから

神経質でいいんだよ
内向的でいいんだよ

神経質で内向的な人は
ある時
ふと
おてんとうさまって
なんて優しく　温かく
自分を照らしていてくれたのだろうと
気付くことが
できるから

道

どんなに苦しくても
どんなに恥ずかしくても
どんなに不安であっても
耐えて歩み続ければ
その後ろに道ができる

どんなに多くの人が　苦しさのあまり
恥ずかしさのあまり
不安のあまり
歩みを止めてしまおうと思いながら

歩み続けてきたことか

私たちは常に　その歩みの瞬間瞬間で
歩みを止めてしまおうか
それとも　右に行こうか
左に行こうかを判断している

歩みを止めてしまったら
それでおしまい

しかし
右に行けば　左に行けない
左に行けば　右に行けない

その判断の基準は何にするのか

どんなに苦しくても
どんなに恥ずかしくても
どんなに不安であっても
歩み続ければ
歩みの後ろに
一本の道ができる

もしも

「もしもということは　歴史にはないことですが
もしも〇〇がその戦いで敗れていたとしますと」
ＮＨＫの『その時歴史が動いた』のキャスターが
ゲストに尋ねた

もしも　私が現在の妻と結婚していなくて
別の女性と結婚していたら
今の私を取り巻く人間関係は
どのようになっていたであろうか

最もはっきりしていることは
今の息子達はいなかったということだ

私は別の存在である息子か娘を持ち
あるいは　私には息子も娘もいなかったかも知れない
そうしたら　私の息子達の友人は
私の現在の息子達と会っていることはなく
その友人たちの人生は変わっていたかも知れない
少なくとも現在の私の息子達と会うことはない
ということで

このようにして
もしも　私が現在の妻と結婚していなくて
別の女性と結婚して

別の遺伝子と人格を持った息子か娘を持ち
その友人がその私の息子か娘に会ったために
何か大きな仕事をしたとしたら

私がその女性と結婚したその時は
『その時歴史が動いた』年の
○○年○カ月前のことになるのかも知れない

私と妻との結婚は
偶然だったのであろうか
必然だったのであろうか

もしも
偶然であったとしたら

私の息子達の誕生は
偶然だったのであろうか
必然であったのであろうか

もしも
偶然であったとしたら

シリウスよりも

私たちは夜空の星
昼間の輝く太陽は佛と神

佛や神が輝いているときは
星が見えないように
私たちの存在は見えない

しかし　太陽が没したとき
私たちは夜空に輝く

私たちは
太陽が没した夜でしか
その存在は分からないが
実在する星

マイナス一等星もあれば
０等星　二等星　六等星もある

私は
六等星よりは五等星の明るさで
五等星よりは一等星の明るさで
できれば幾人もの人が
絶望と迷いのなかで見上げた
マイナス一・四四等星のシリウスよりも

明るく輝く星でありたい

風よ

風が優しく　そっと
乙女の吐息を
運んでくれました

風よ　そっと
私の心を
愛しい人へ
運んでくれないか

スイートピー

雪がちらつき手が凍える日
店頭にスイートピーが
並べてあったので買った
春を咲いていたから

花瓶に入れて
玄関に置いたら
冷たく薄暗い片隅に
春が灯った

私の心にも

不思議なＤＮＡの糸

私は今　平成の時代を生きている
父と母が
昭和の時代を生きていたから

私の先祖が
大正時代に生きていたから
明治時代に生きていたから
江戸時代に生きていたから
戦国時代に生きていたから
鎌倉時代に生きていたから

平安時代に生きていたから
奈良時代に生きていたから
古墳時代に生きていたから

縄文時代に生きていたから

石器時代に生きていたから

カンブリア紀に生きていたから

三十六億年前に
原始の海に生まれたから

ずっとずっとつながってきた

一本の生命の糸
不思議な縁によって
つながってきたＤＮＡの細い糸

人生劇場に

不思議だなあー

フミトが　今ここにいるということは
不思議なことだと思うよ

フミトが　生まれたばかりの孫を
見せに連れてくるために
荒れ放題の我が家の中を掃除をしに
休暇を取って
来てくれているということは
不思議だと思うよ

フミトが生まれ
コウキが生まれ
ダイキが生まれ
お兄が生まれ
今　いるということは
不思議だと思うよ

お父さんが
お母さんと結婚したから
フミトも　お兄も
ほかの二人も生まれてきたんだ

お父さんは
ほかの女性と結婚する可能性は

いくつもあった

そうしたら
フミトもお兄も
ほかの二人もこの世には
存在しなかったのだ

そうしたら
孫の王惺《おうせい》も利南《りな》も
志紀も
生まれていなかった

お父さんが
お母さんとの結婚という

人生の川に飛び込んだから
皆　この世に存在するように
なったのだ

不思議だなあー

あなたへ

クチナシが咲いた
純白に咲いた

クチナシは二、三日純白に咲いて
四、五日で朽ちて
褐色になった

あなたは咲いている
純白に

あなたには
咲いていてほしい
永遠にけがれなき純白で

青春時代

月影に照らされた
どぶ川を
おまえは美しいと思うか
私は誘われるままに
その友の家に泊まりに行った晩
友は言った

どぶ川はどぶ川ではないか
夜が明ければはっきりする
答えるべき適切な言葉を

見出せなかった私は
どもるように答えた

おまえには
おれの心が分からないのか
友は吐き捨てるように言った

それはその友との
青春時代の最後の会話となった

私が故郷を離れて間もなく
その友は自死し
それから四、五十年が過ぎて
私は古希をも超えた

私は今となって
その友との青春時代最後の会話を
思い出すたびに
心が疼く

明星を見た

私は若い頃　将来
どこかで新しい研究所が組織されるとき
その責任者の一人になっているかも知れないと
漠然と　考えていた

それが　定年退職を前にして
教授・助教授・講師・助手と職階があるなかで
最低の　助手
何か信じられないという思いが　交錯する

助手であるために
給料が　安いだけではなく
研究費が　非常に少ない
科研費（科学研究費）に応募しても
民間の財団に応募しても
交付決定の通知はなかった

私が学生であった頃
「私たちのところには　大学院生が来ないので
研究が進まないし　研究業績が上がらない」と
こぼしている教授の　愚痴を聞いた

しかし　一番低い　助手であったから
教授会や　そのほかの会議や　授業や　出張などの公務に

あまり縛られずに　自分の好きなテーマの
研究ができた

助手であったから
学生や　大学院生がほとんどつかず
実験器具の洗浄や　試薬の調製や　測定や
測定値　実験条件の実験ノートへの記録を
全て自分でしなければならなくて
それが　非常に苦痛であった

しかし　この苦痛に耐えつつ
七、八年も一人で実験していると
一人の方が　精神的にも肉体的にも
気楽と感じるようになった

結果が知りたい研究テーマは
いくつもあったが
大学院生が　ほとんどつかず
研究費も　非常に少なかったから
独創的だと思うテーマだけを
期限を決めずにやった

私は　誤差が小さくなるように
実験器具は全て
超純水できれいに　洗浄し
試薬は超純水を用い
濃度は出来るだけ　正確に　調製し
測定も

出来るだけ　正確に　行った

自分が測定した　確実な測定値をもとに
十桁表示の電卓で　計算すると
充実感となった

それでよかったのだ

自由
その自由の中で　自らが
観察や　実験や　計算をすることが
研究や　学問に重要な要件なのだ

教授にまで　出世した先輩や

同輩や　後輩の多くは公務に縛られ
学生や大学院生の指導のために
自分の本当にしたい研究が分からないでいる
名声は時々耳にするが

これでよかったのだ

その晩　何か用事があって
研究室を出るのが遅くなった
宵の明星ではあったが
釈尊が見たのと同じ
明星を見た

なぜ年をとるのか

ただ時がすぎゆくから
だけではない

年をとらないと
分からないことがあるからだ

過ぎゆく時の中で
勉強し　研究し
いろいろと体験しないと
分からないことがあるからだ

学問とは何か
生きるとはどういうことか
人生とはどういうものかを
知るためだ

青春時代には
分からなかったことを
壮年時代には
気が付かなかったことを
知るためだ

学問も
大学を定年退職して

六十の後半を過ぎ
古希を超え
喜寿に近くなって
理解が深まり
関心が広がった領域や分野がある

生きるということも
古希を超え
喜寿に近づいて
気付いたことがある

なぜ年をとるのか
ただ時が過ぎゆくから
だけではない

浜村海岸にて

はるか彼方
地図でしか知らない
凍てつく広大な大陸から
吹きつけてくる風が
強く冷たい

雲は天を覆い
空と海の境界に向かって落下する
その境から湧き上がるように

蒼々とした波が
海岸に立つ私に向かって
押し寄せてくる

海岸に近づいた波頭は
真っ白に激しく
海岸に砕け散る

私はその冬の日の日本海の前に
為す術もなくただ佇む

しかし　カモメか
海鳥が
荒れ狂う海原の上を

低く寒風を引き裂いて飛翔し
魚めがけて一気に急降下し
また飛び上がる

その生の強さに
また一歩また一歩
自分の人生を歩もうと
決意する

一粒の麦

一粒の麦　地に落ちて死なずば
唯一つにて在《あ》らん
もし死なば　多くの果《み》を結ぶべし

教会に通っていた時も
教会を辞してからも
長いこと理解できない
不思議な言葉であった

何故　一粒の麦は地に落ちて

死なないのなら
一つのままであり
死んだら多くの果を結ぶというのか

千利休が　時の権力者太閤秀吉に抗して
侘び茶を主張し　切腹を命ぜられたから
茶道が現代まで伝わったのか

それは　分からない

しかし　千利休が太閤秀吉から
切腹を命ぜられるまでに
侘び茶こそが　茶の道だと押し通したことを
現代に生きる私が知った時

その一節が分かった

生きよう
どうしても生きたいと
もがいている間は
本当に生きられないのだ

イエス・キリストは
祭司長　学者らに妬まれ
その故に殺されるのを知りながら
真実を述べ伝えたから

イエス・キリストは
一粒の麦として　死んだから

その教えは
多くの国に拡がり
多くの人に知られ
現代まで生きているのだ

生きる
生きるとはどういうことだ

自殺は絶対にいけません

ちょっとエロチックですが
真実の真面目な話から始めます

（1）

結婚をした
父になる人と
母になる人は
普通は　隣り合わせの布団か
一つのベットに寝ます

夜　父になる人のオシッコを通すペニスは
太く固くなることがあります
その時　一緒に寝ている母になる人のオッパイを
触りたくなります

オッパイを触られた母になる人の産道である膣は
粘液で満たされます

父になる人はその膣に大きく固くなったペニスを
挿入し　射精をします

その精液にはふつうは三億匹の精子が
泳ぎ回っています

その精子は
日本人なら日本人の遺伝子でありながら
少しづつ遺伝情報の異なる
ほぼ三億通りの異なる遺伝子を持ちます

精子は母になる人の卵巣から
卵管に排卵された卵子に向かって
泳いでゆきます

そして　三億匹の精子のうち
一匹だけが偶然に卵管内の卵子に突入できて
受精が成立します

精子の性染色体がY染色体の時
その受精卵は将来一人の
独特の個性を持った男になり
X染色体の時その受精卵は一人の
独特の個性を持った女になります

あなたは　母になる人の卵管の途中で
三億分の一のさらに半分の確率で
独特の個性を持った男になりました

あなたは　三億分の一のさらに半分の確率で
独特の個性を持った女になりました

あなたになった父の精子の

隣の父の精子が受精していたら
あなたは別の遺伝情報を持った
別のあなたになっていたのです

母になる人は一カ月に一個排卵します

卵子も一個一個少しづつ
遺伝情報が異なります

ですから　父になる人と
母になる人の愛の営みが一カ月早かったり
遅かったりすると
卵管に排卵される卵子の遺伝情報は異なるし
受精する精子の遺伝情報も異なるので

あなたは今のあなたとは
別のあなたになっていたのです

あなたは同じ父と母から生まれた
兄弟姉妹と　容貌　性格　能力　体質などが
いくつかの点で似ているところがありますが
多くの点で違うでしょう

先ず第一に　一卵性双生児でない限り
二卵性双生児の場合や兄弟姉妹とは
性別と顔つきで区別できます

この偶然だけが支配する極めて低い稀有の確率で
生まれてきた　あなた

そのあなたをあなたはどう思いますか

（2）

あなたは「自分は父と母の
快楽の結果生まれてきたのだ」と言うかもしれません

でも　あなたは生まれてくると
毎日毎晩昼夜を問わずにお腹をすかし
オシッコをしたり　ウンチをして
泣いて　父と母　特に母の注意を
強制的に喚起します

父と母　特に母はどんなに疲れていても

どんなに眠くても起きて
毎日いつでもあなたにオッパイを授け
何回もオムツを取り替えます
肌着も取り替えます

取り替えた肌着は
あなたのために
毎日洗濯して乾かします

これは一年、二年、三年と続きます

この父と母のあなたへの愛情の行為は
形は変わりますが
あなたが大人になるまで続きますし

あなたが大人になっても基本的には同じです
この父と母の愛情をどう受け取りますか

（3）

父と母は
あなたがいなくなると
とても心配です

あなたが亡くなったとしますと
非常に悲しいし　淋しいし
生きてゆくのがつらいです

（4）

しかし　人は精神的に疲労が重なった時とか
あるいは原因不明の理由で
脳の構造が
微妙に正常とは異なる形になった時に
あるいは　脳内のある特定の化学物質の濃度が
異常に高くなったり異常に低くなったり
シナプシスと呼ばれる
脳の神経細胞と神経細胞の接合部位に
異常が起こった時
強い不安感や幻聴幻覚や
うつ状態やそう状態や妄想など
精神状態が正常でなくなると考えられています

そのうつ状態になった時
人は病的に自殺したくなることが多いのです

それは心の病気です
病気ですから医学が治します

多くの病気が薬で治せるように
心の病気も薬で治せます

心療内科とか精神神経科という看板を掲げた
精神科医を訪ねてください

自殺は絶対にしてはいけません

それが私の人生だから

冬のピョンチャンオリンピック
羽生結弦は怪我を克服して
二度目の金メダル
宇野昌磨は初めての銀メダル

スノーボードの平野歩夢は
銀メダルに悔しさをにじませながら
「恐怖心に克った」という

彼らが異口同音に語る言葉は

「自分に勝つ」
「恐怖心に克つ」だ

古希を超えて狭心症の手術を受けた後
駅の階段を昇った時の
手術前とは質的に異なる息苦しさに
襲われた　死が近いという恐怖

循環器内科医は　血圧降下剤と尿酸排泄剤と
コレステロールの合成阻害剤の外に
二種類の高単位の抗血栓薬を処方する

原因不明の内出血が幾度もあった

このままではいけないと再開した筋肉トレーニング
そこでも　手術前とは異なる病的な息苦しさに
心臓に不安を覚え　心臓に不安を覚えると
死の恐怖に襲われた

それが　喜寿近くになった現在は
死の恐怖と対峙しながら
筋肉トレーニングをすることが
仏道の修行のように思えてきた
羽生結弦　宇野昌磨　平野歩夢
小平奈緒　高木菜那　高木美帆などの
二十歳から三十歳前後の若い選手の
克己心がそうであるように

老いて知った健康であることのありがたさ
老いて湧き上がる
一日でも長く生きたいという欲望

私は
今日も筋肉トレーニングに励む
死の恐怖と対峙しながら
老いの限界へ向かって

それが私の人生だから

郵便屋さんにお任せしたから

手紙を書いて
郵便ポストに投函したとき
その日のうちに死んでもよいと
思うときがある

郵便ポストに投函しても
郵便屋さんがどんなに頑張っても
その手紙があの人に届くのには二、三日はかかる

それでも
郵便屋さんは二、三日以内には
必ず　あの人に届けてくれる

だから　郵便ポストに投函さえすれば
私が死んでも　二、三日以内には
私の思いは　あの人には届く

昨夜書いた手紙を
今日の第一便に間に合うように
郵便ポストに投函した

今日の内に死んでもよいと思いながら

郵便屋さんは
必ず　二、三日の内には
私の思いをあの人に届けてくれるから

小さな池

小さな池です
水たまりのような
小さな池です
底が見えます
枯葉が散っています
空が映っています

淵の枯れ木から
水玉が落ちました
ぽしゃあん

小さな輪っかが
広がります
空がこわれます
枯葉がゆれます
底もゆがみます

ぽしゃあん
小さな池に
水玉が落ちました
波紋は私の体の中を
広がります

私の心がゆれます

私の空がこわれます
波紋はいっぱいに広がって
そして
静かに消えて
ゆきました

歴史の流れに

歴史の胎動

太陽が最も長く照りつける
夏至を過ぎて
一か月と十日か二十日ごろ
日本は猛烈な暑さに襲われる
太平洋の熱い空気を持った高気圧が
日本を覆うためだ

しかし　夏至を過ぎたこのころ
すでにシベリアでは

涼しい空気を持った高気圧が
形成されつつあるのだ

彼岸が近づくころ
涼しい風が吹く日々と暑い日々が
しのぎ合う時期が来る

南からの湿った暖かい空気が
日本の上空で
北からの寒気とぶつかり
激しい雨と雷を発生させる

そして　次第に寒気は日本を覆い
涼しい秋へと移行する

秋の胎動は
夏至を過ぎて間もなく
始まるのだ

それは　さらに
冬の前触れでもある

私たちの歴史にも
胎動の時期がある

私は　今
将来起こるかもしれない
歴史的大事件の胎動の中に

いるはずだ

私は

それに気づかなければいけないのに

ソヴィエト連邦崩壊

一九九一年　ソヴィエト連邦は
崩壊した

私は今でも
マルクスやエンゲルスやレーニンは
抑圧された労働者　農奴　市民を
解放しようとした
善意の偉人であると信じている

しかし

マルクス・エンゲルス・レーニンの
論文や　呼びかけや　声明や　政策では
解決できない　重要な問題があったのだ

人間とは　どのような欲望と意欲を持ち
どのような欲望と意欲を持たないか
そして　それに従って
どのように行動し
どのように行動しないかについての
詳細な分析と　深い考察が欠けていて

人間の欲望と意欲と　それに基づく行動は
時代とともにどのように変わってゆくのかということを
正しく予測することに限界があったのだ

人間は　一部の人を除いて
安易に流れやすく
労働意欲は失われやすく
利己主義であった

企業と農場は国家のものであり
全員が国営企業の社員になり
農民は集団農場の社員となって
働いても働かなくても給料は同じだから
苦労して他人以上には働かなくなった

経済は計画的だから
生産目標と消費者の需要をマッチさせる計画は

上に任せ　中堅層や末端は
自分の頭で考えることをせず
上からの指示を待つだけになった

共産党は人民の代表であるから
常に正しく　共産党やソ連政府に反対したり
批判することは許されなかった

マスコミは政府や共産党の方針を
国民に伝える機関だったので
ソ連社会の問題点を指摘する報道は
ほとんどなかった

政府や共産党の中の特権階級の存在や

腐敗の様子も批判されなかった

公害が起こっても
危険な原子力発電所が各地につくられても
反対運動は起きなかった
そして　環境破壊が広がった

共産党員になれば
社会の支配者の側に立てるから
出世主義者　金儲け主義者が共産党員になり
ぜいたくな暮らしをしようとした

その結果
資本家による反革命を防止し

誰でもが　欲しいものは欲しいだけ受け取れる
理想的な社会＝共産主義社会を目指す
労働者の代表＝共産党による独裁は
現実には　色々な弊害や差別や腐敗を生み出し
国民の不満が増大した

そして
理想社会を目指して打ち立てられた
ソヴィエト連邦は
成立から七十四年経って崩壊した

私の心の中で崩壊するまでには
それから　さらに二十数年という年月が
必要であったが

蓮の花のような

祈りについての短章

浜までは海女も蓑着る時雨かな
滝瓢水

結局は
海に入って濡れる身である

海に入って濡れる身ではあるが
浜までの道で時雨が降ってきたら
どうするのかという問題である

生老病死の雨が降ってきたら
どうするのかという問題である

蓑にはいろいろある
曹洞宗　臨済宗　黄檗宗
浄土宗　浄土真宗　日蓮宗
真言宗　天台宗　修験道　神道
キリスト教　イスラム教　ユダヤ教　ヒンズー教

そして
意識的な適度な運動と
医師

触れる

今日　久しぶりに
隣で眠っている妻の肌に触れた

妻の体は
いつものように
柔らかく温かかった

しかし　いつかは
冷たく固くなる時が来るのだと
思いながら

そっと軽く愛撫した
妻は
無言のまま目を閉じていた

光は見えていますよね

いつの間にか
びゅーい　びゅーいと
唸りをあげていた風が
止んでいた

強い風は止んだが
春の近さを感じさせるような気温は
一気に　再び真冬並みになった

今夜はもう遅いのに

あなたは　まだ帰ってこない

どこをどう歩いているのだろうか
真っ暗闇だが
あなたには　光は見えていますよね

かすかな光かも
知れないが

ある方向から
射している光が

光について

神光あれと言給ひければ光ありき
聖書は述べる

仏教では
ひかりの佛と
佛のひかりが説かれている

私が初めて
光について知ったのは
小学生の時だった

光は一秒間に地球を七周半し
太陽を出た光は
地球に届くまでに八分十九秒かかると
図鑑に書いてあるのを読んだ

その時は
もし太陽が消えたとしたら
瞬間に光が見えなくなるのか
八分十九秒間は光が見えるのかを
疑問に思った

今になって分かったことは
光は真空を通ってでも

秒速三十万キロメートル前後の速度で
宇宙の隅々に到達できるということだ

光はこの広大な宇宙のほんの片隅に位置する
天の川銀河の中の太陽系の
さらにそのほんの片隅に生きている
小さな私にも到達して
私を照らしているということだ

私が
私を無明の闇から解き放ってくださいと
言おうと言うまいと

数息観

腹式呼吸で
息を静かに
吐いて吐いて吐いて吐いて吸って
また
吐いて吐いて吐いて吐いて吸って
これを
いーちにーいさーんしーい……
と数える

呼吸だけを

一心に数える

呼吸を数えている間に
何か思いが起こってもよいが
それは追い続けない

これが呼吸を数える数息観

いーちにーいさーんしーい……
だけでもよいが
ある時
なーむあーみだーぶつ
なーむあーみだーぶつ
となるし

なんみょうーほーれんげーきょ
なんみょうーほーれんげーきょ
となることもある

筋肉トレーニングで
いーちにーいさーんしーい……と
バーベルを上げたり下げたりすることも
呼吸を数える数息観

でも　本当に
バーベルを上げ下げする時の数息観は
坐禅の数息観と同じだろうか

臨終の時の呼吸も
坐禅の数息観でいけるのだろうか

この坐禅の数息観ではない
もう一つの坐禅の呼吸法もあるのだろうか

心を調える呼吸法はいろいろある

　踏み台を「一、二、三、四」声出して
　上り下りせむ今日の日よりは

「一、三、四、五」と
数えてみようか　声出して
南無阿弥陀佛と唱えるように

梅雨が明けた

空は紺碧
雲は純白
照りつける太陽の光線が痛い

昨日までの空とは違う
梅雨が明けたのだ

田圃では稲が
その香りをいっぱいに漂わせながら
希望へ向かって力強く伸びている

畑の隅では
百日紅が紅い

蓮の花のような

水辺の草木の枯れ落ち葉や
人の日常の廃棄物が
腐ってできた汚泥の中に
穏やかで清浄な蓮の花は咲く

汚泥の全くないきれいな白砂の中では
蓮の花は育つことも　咲くこともできない

私たちは
人を蹴落としても上に立とうとし

お金や栄誉に執着し
人の成功や幸福に嫉妬する

また　ガンや心臓病などの病気になることへの不安
病気になった時の不安と苦しみ
老いることの苦しみ　老いた時の苦しみ
死に対する不安があり

結局　その総体として
生まれてきて　生きていることの
不安と苦しみがある

しかし　私たちの中には
このようなどろどろとした

汚泥のような欲望と不安と苦しみを
栄養として
生死を明らめようとする心が
清浄な蓮の花のように咲く

蓮は泥の中
自然の恵みの中で
時至れば自ずと花開く

しかし　私たちの中の花は
私たちが
どんなきっかけでもよいが
佛の方向を向かなければ
咲くことはない

はたして
泥のような私の中に
蓮の花のように咲いている花が
あるであろうか

あなたは　あなたの中で
蓮の花のように咲いている花に
気が付いたであろうか

明けの明星は

遠くに　遠くに
軍馬のいななきと
兵士の足音を聞く

参禅は一人《いちにん》と萬人《ばんにん》と敵《てき》するが如くに相似《あいに》たり
危亡《きぼう》を顧みず、賊の陣中に入って
賊首《ぞくしゅ》を取り而《しこう》して帰る
始めて是れ大雄氏《だいおうし》の猛将なり

戦いは終わった

夜がやわらかに更けてゆく
衆生を先に度《わた》して自らは
終《つい》に仏にならず

先師の言葉を
繰り返し繰り返し思う
夜がやわらかに更けてゆく

明けの明星を!!
明けの明星は?!

宇宙について

系外惑星プロキシマb

地球の周りを
月が回っている

その地球は
水星　金星　火星　木星　土星　天王星などと
太陽の周りを公転している太陽系の惑星だ

水星　金星　地球　火星は
岩石でできた岩石惑星だ

木星　土星は
ガスでできたガス惑星だ
天王星は
絶対零度に近い氷の惑星だ
太陽系に最も近い恒星は
地球からどれくらいのところにあるのだろうか

私は
超新星爆発を知った時
その爆発のすさまじさに
怯えた

太陽系に近い恒星が
超新星爆発を起こしたら
地球など太陽系が属する天の川銀河の果てまで
吹き飛ばされてしまうに違いない

それなのに
ここ二十数年の天文学者の探査によると
太陽系からわずか四・二光年のところにある
赤色矮星プロキシマ・ケンタウリの
ハビタブルゾーン*に
プロキシマbと呼ばれる系外惑星が
あることが分かった

天文学者は

プロキシマｂに
生命体が存在するかもしれないとか
大気が極めて希薄な火星以外の
将来人類が移住できる最も近い星かもしれないと
強い好奇心を駆り立てられている

私は
もしも　恒星プロキシマ・ケンタウリが
超新星爆発を起こしたらと
戦々恐々としているのに

＊恒星の周りを公転している惑星上に水が液体で存在しうる領域。ハビタブルゾーンの内側の惑星では恒星からの高温の熱のために、水は水蒸気となり、外側の惑星では水は氷となる。

宇宙は激しくうごめいている

北半球が冬至へ向かう
十二月のある日
箕面の片隅で家が壊されている

箕面の別の片隅で
新しい家が建った

箕面の片隅が変わる
日本の片隅が変わる
地球が変わる

宇宙が変わる

何事も起こっていないように見える
宇宙の片隅で
超新星爆発が起こっている

宇宙では
全てがうごめいている
家が壊されている
家が建てられている
色々な元素が生成している
金が生成している
プラチナが生成している

星が生成している

ビッグバン以降の太陽よりも重い星々での
水素やヘリウムの核融合で
水素やヘリウムよりも重い
酸素や炭素やネオンやケイ素や硫黄などの
新しい元素が次々と生成し
鉄が生成した時に超新星爆発をし
それらが宇宙空間にばらまかれた

さらに
超新星爆発でできた中性子星が合体をし
強烈なガンマ線や赤外線を放射して
鉄よりも重い

金　銀　プラチナなどの元素が生成し
それらが宇宙空間にばらまかれ　新しい星ができる

太陽も　水星も　金星も　地球も　火星も
木星も　土星も　天王星も
ビッグバン後に生成した太陽よりも重い星の中で起こった
水素やヘリウムの核融合でできた色々の元素が
超新星爆発で宇宙空間にばらまかれた後に
再び　何十億年もかけて集合してできたのだ

私たちが　地球上で使う金貨も銀貨も
首にかけるプラチナもこうしてできたのだ

中性子星の合体による強大なエネルギーで

アインシュタインが予言したように
空間がゆがみ　重力波が発生した
宇宙の全てが
激しくうごめいている

地上の星を

人は空を見上げて星を探す
星は天にあるものだから

しかし
地上にも光輝く星は
あるのだと唄う
歌唄いがいた

地上の星よ
お前は

つばめにしか見えないものなのか
探しに行こう
地上の星を

エピローグ

沈黙

狭き門より入れ
滅びにいたる門は大きく、その路《みち》は廣く
之《これ》より入る者おほし

私は狭き門より
入ったのであろうか
私は狭き門より
入ろうとしているのであろうか

齢はとうに五十路に入り五歳を過ぎた

共に歩んできた友は　一人二人と去り
今は　縁《よすが》とすべき者もなく
一人で歩んでいる

行くべき先は不安色一色で
塗りつぶされている

空は暗く　雷鳴がとどろき
絶望の雨が私の上に降ろうとしている

孤独　孤独　孤独
その中を不安と迷いと絶望が
去来する

わが神　わが神　なんぞ
我を見棄て給ひし

私は誰かの叫びを
聞いたようだ
私は誰かの叫びを
叫ぼうとしたようだ

神よ　私は狭き門より
入ったのでしょうか
私は狭き門より
入ろうとしているのでしょうか

沈黙のみが
続いている

あとがき

本詩集は、第一詩集から第八詩集に収録した作品の中から選んだ作品に、詩誌『PO』に発表した作品と、オリジナルな作品、数篇を加えて編纂した自選詩集です。

喜寿を超えつつある中で、再び第一詩集から読み直してみると、あの時はそういうことを読者に伝えたかったのか、しかし今ではやや違う心情になっているがという感慨の中で、あのころそういう作品を書いていたのかという今でも新鮮だと思う作品にも出くわしました。それで、喜寿を過ごしつつある時点で、喜寿を過ごしつつある時の詩情で、過ぎ越し方の作品を選びなおしてみたいという気持ちにかられました。収録した作品の中には、一部訂正加筆したり削除した作品があります。それぞれの作品のほとんどは、第一詩集から第八詩集の中に収められておりますが、この自選詩集の中に置かれたことによって、それとは異なるいくばくかの新たな生命が付与されたとしますと、望外の幸せです。

私は、現在も筋肉トレーニングを続けています。しかし、生老病死の雨は激しく私の身に降りかかっております。とても、時雨などという一時的な通り雨ではありません。どうせ浜に着いたら海に入る身であることは知っております。しかし、浜に着くまではこの雨にびしょぬれになりながらも歩みを続けたいと思います。

本詩集の出版にあたりましては、小野高速印刷株式会社（ブックウェイ）の上川真史氏、及び黒田貴子氏にいろいろとお世話になりました。ここに記して、感謝の気持ちといたします。

二〇一九年五月　平成が終り、新しい令和元年に、
傘寿を超える年まではと思いながら

著者記す

次の詩を書くにあたりそれぞれの作品を参考にしました。
「ソヴィエト連邦崩壊」：

池上彰『そうだったのか！　現代史』（集英社　２０００年）
「蓮の花のような」：
青山俊董『道を求めて』（主婦の友社　１９９２年）、
松原泰道『修証義に聞く　道元禅の神髄』（潮文社　１９９６年）
「宇宙は激しくうごめいている」：
沼澤茂美・脇屋奈々代『宇宙』（成美堂出版　２０１２年）、
田中雅臣『星が「死ぬ」とはどういうことか』（ベレ出版　２０１５年）、
Newton『真空には何かが満ちている』（ニュートンプレス　２０１６年）
「地上の星を」：　中島みゆき「地上の星」

清沢桂太郎（Keitaro Kiyosawa）

1941 年　千葉県市川市に生まれる
1960 年　市川高等学校（市川学園）卒業
1961 年　大阪大学理学部生物学科入学
1965 年　大阪大学理学部生物学科卒業
1969 年　大阪大学大学院理学研究科生理コース博士課程中退　理学博士

所属　　関西詩人協会　　日本詩人クラブ

既刊詩集　第一詩集『シリウスよりも』（2012 年　竹林館）
第二詩集『泥に咲く花』（2013 年　竹林館）
第三詩集『大阪のおじいちゃん』（2014 年　竹林館）
第四詩集『ある民主主義的な研究室の中で』（2014 年　竹林館）
第五詩集『風に散る花』（2015 年　竹林館）
第六詩集『臭皮袋の私』（2016 年　書肆侃侃房）
第七詩集『宇宙の片隅から』（2016 年　書肆侃侃房）
第八詩集『浜までは』（2019 年　BookWay）
自然科学書　『細胞膜の界面化学』（2019 年　BookWay）

現住所　562-0005　大阪府箕面市新稲 5 丁目 20-17

清沢桂太郎詩集　道に咲く花

2019年 5 月30日　発行

著　者　清沢桂太郎
発行所　ブックウェイ
〒670-0933　姫路市平野町62
TEL.079（222）5372　FAX.079（244）1482
https://bookway.jp
印刷所　小野高速印刷株式会社

ISBN978-4-86584-407-8